# Meine Wegbeschreibung

Susanne Spilker

Meine ganz persönliche Wegbeschreibung mit einer Auswahl an besonderen Kurzgeschichten, gesammelt von 2006 bis 2015. Die Gedanken handeln von Wegen aus der Vergangheit, dem Hier und Jetzt und von unseren beiden Kindern, weitere Informationen unter www.puregedanken.de

# Meine Wegbeschreibung

## mit puren Gedanken

Susanne Spilker

Originalausgabe
1. Auflage Januar 2016

Fotos, Skizzen, Texte und Satz: Susanne Spilker
Herstellung und Verlag: Books on Demand
GmbH, Norderstedt

ISBN 9783739233031

www.puregedanken.de

Bibliografische Information der Deutschen Nationalbibliothek Die Deutsche Nationalbibliothek
verzeichnet diese Publikation in der Deutschen
Nationalbibliografie; detaillierte bibliografische
Daten sind im Internet über http://dnb.d-nb.de
abrufbar.

# Inhalt

## Vorworte

Das Schreiben gibt mir

mehr Klarheit,

entwirrt die

Fäden und Knoten

in meinem Kopf,

es ist nicht mein Ziel

berühmt zu werden,

ich möchte die Worte

in erster Linie

für mich schreiben,

dann für meine Familie

und natürlich für alle,

die sie gerne lesen wollen,

vielleicht erkennt sich

jemand in meinen Geschichten

und Gedanken wieder,

vielleicht helfen sie

auch den anderen

beim Entwirren

der Vergangenheit,

die Verworrenheit

steht mir oft im Weg,

hält mich ein Stück weit

in mir selbst gefangen,

es tut gut ein wenig

mehr Klarheit zu bekommen,

es befreit und erleichtert ungemein,

die Klarheit ist nicht

unbedingt von langer Dauer,

denn die Verworrenheit dringt

immer wieder durch,

man kann sie nicht festhalten,

es ist eben ein Kommen und Gehen,

dadurch behält sie ihre Freiheit

und ihre Lebendigkeit.

## Päckchen

Jeder hat seine Päckchen zu tragen,

es gibt große und kleine,

schwere und auch ganz leichte,

manche meiner Päckchen

liegen sehr weit hinten,

sind enorm schwer zu tragen,

ich hatte sie teilweise

schon aus den Augen verloren,

es ist gut sie nicht

alle auf einmal zu sichten,

es ist wichtig sich manchen

nur Schritt für Schritt zu nähern,

es müssen zudem auch nicht

alle ausgepackt werden,

manchmal reicht die Gewissheit,

dass ich sie habe oder

sie jederzeit anschauen könnte,

gelegentlich kann ich mich sogar

von einigen lösen, das ist

sehr gut, da ich ja immer

wieder neue hinzubekomme,

denn ich bin ein großer Sammler,

habe aber festgestellt, dass es besser ist

weniger Päckchen zu besitzen,

dann ist das Ganze überschaubarer,

nicht immer hat man so direkten Einfluss

auf das Annehmen, Weiterschicken

oder Ablehnen von Päckchen,

allerdings habe ich erfahren,

dass man für sich eine

bestimmte Auswahl treffen kann

und jeder das Recht hat

die Annahme zu verweigern,

früher habe ich alle Päckchen

angenommen und mir auch noch

ständig neue dazu gesucht,

ich hatte also dauernd Berge davon

und daher immer wieder

den Überblick verloren,

das hat sich geändert,

mittlerweile schaue ich mir

die Päckchen vorher gut an,

wäge ab, ob ich sie wirklich brauche,

ob sie mich voranbringen oder

mich eher zurückwerfen,

es ist viel schöner und wertvoller

eine spezielle Auswahl

von Päckchen zu haben.

## Ein Tablett voller Vergangenheit

Die Vernunft hat lange

gegen die Emotionen gekämpft,

ich habe versucht durch

die Aufstellungen und Analysen

mehr Klarheit zu bekommen,

aber es wurde immer unklarer,

ein großes Tablett voller Vergangenheit…

…Chaos

…zu viel Verantwortung

…zu wenig Liebe

…zu wenig Aufmerksamkeit

…zu wenig Anerkennung

…zu viel Streit

…zu wenig Harmonie

Das Tablett ist riesig,

nicht überschaubar,

es gibt keine Ordnung,

die Vergangenheit sollte ruhen,

es ist schwierig sie stehen zu lassen,

es tut gut manchmal

nicht daran zu denken,

heute ist Frieden in mir eingekehrt,

es ist ein bisschen unwirklich,

der Krieg war zur Gewohnheit geworden,

er hat meinen Körper gelähmt,

ihn mit Schmerzen gepeinigt,

irgendwie möchte ich mich immer trösten,

dass es nicht so schlimm war,

aber es war tatsächlich furchtbar,

kein Kind sein zu dürfen.

Ich werde das jetzt

nicht weiter vertiefen,

ich kenne die ganzen Hintergründe,

die Ursachen meiner Ängste,

ich möchte in Frieden mit mir leben,

der Friede und die Ruhe

sind zurückgekehrt,

beide waren lange nicht mehr da,

das Gefühl tut gut,

es fühlt sich an

wie die ersten Gehversuche

nach einem komplizierten Beinbruch,

die Flügel des Schmetterlings

breiten sich wieder aus,

die Risse sind noch zu sehen,

verheilen in Teilen,

manche müssen geklebt werden,

einige mit einem Pflaster,

andere, größere mit einem Verband,

den Schmerz einzeln zu spüren

ist nicht so schlimm,

ich bin erleichtert,

dass ich mich wieder

in Ruhe lassen kann,

ich bin endlich stehengeblieben,

sitze im Sonnenstuhl,

genieße den Tag,

darf krank sein,

es ist schön sich auszuruhen,

ich muss nicht einmal meine

Aktivitäten bremsen,

es ist wie in Zeitlupe,

ich bewege mich langsam,

ganz bewusst, mit einem

völlig anderen Körpergefühl

wie schön!!!

## Der beste Duft der Welt

Meine Finger riechen nach frischen Kaffee

und ein wenig nach Vanillezucker,

der Duft ist ganz zart,

überhaupt nicht aufdringlich,

trotz Schnupfen kann ich ihn wahrnehmen,

meine Nase war schon immer sehr sensibel,

unheimlich geruchsempfindlich,

deswegen mag ich am liebsten nur

einen Hauch von Gerüchen,

sie müssen ganz leicht und

am besten ein bisschen pudrig sein,

in diesem Duft fühle ich mich am wohlsten,

ich mag überhaupt keine starken

und aufdringlichen Gerüche,

an denen ich nicht vorbeiriechen kann,

intensive Parfums erschlagen

mich regelrecht,

sind mir sehr unangenehm,

früher habe ich stundenlang meine Nase

in meinem Schnuffeltuch vergraben,

das war der beste Duft auf der ganzen Welt,

er war ganz sanft, zart und leise,

es war ein besonderer Geruch

von Geborgenheit, Liebe

und Zuversicht,

den nur ich ganz allein

wahrnehmen konnte.

## Ballettunterricht

Für ein kleines Mädchen,

das am liebsten mit Jungs Fußball

oder mit Autos im Sand spielte,

vier ganze Jahre lang,

ohne grazile Bewegungen,

ohne wirklich Spagat zu lernen,

die anderen waren ausnahmslos besser,

wurden immer viel höher eingestuft,

ich stand immer ganz rechts am Rand,

schämte mich dafür,

dass ich so unbeweglich war,

nie hat mich jemand gefragt,

ob mir das Spaß macht,

alle Mütter schickten ihre Töchter

zu Frau Hünemeier und Frau Gessner,

für eine bessere Haltung und

einen damenhafteren Gang,

mein Rücken wurde so

jedenfalls nicht gerade,

ich wäre viel lieber

in einen Fußballverein gegangen,

bin eben eher ein Löwenzahn

als eine Seidenpfote.

## Im Rosenkrieg

Was macht ein Kind

im Rosenkrieg seiner Eltern?

Es versucht zu überleben,

sich irgendwie

von einer Situation

in die nächste zu retten,

es geht ihm selten gut,

am besten eigentlich,

wenn seine Eltern nicht da sind,

wenn es nicht zwischen

den beiden Fronten steckt,

wenn es sich nicht hin-

und hergerissen fühlt,

die Umgebung ist geprägt

von Schweigen oder Schreien,

normale Gespräche finden kaum statt,

es fehlt jegliche Balance.

Ich habe immer das Außen gesucht,

die heile Welt in anderen Familien,

beim Buddeln im Garten

oder Ablenkung beim Sport,

mein Bruder hingegen hat sich

wie eine Schnecke in sein

Innerstes verkrochen,

wir waren uns deshalb sehr fern,

weil jeder eine entgegengesetze

Richtung gewählt hatte,

wir haben uns damals

irgendwie selbst gerettet,

jeder auf seine Weise,

denn viele Erwachsenen

um uns herum hatten

keinen Durchblick oder

keinen Mut einzugreifen,

um uns vor unseren eigenen

Eltern zu beschützen.

## Schönfärberei

Die angeblich „heile Welt",

die in Wirklichkeit gar keine war,

immer schön „danke" und „bitte" sagen,

allen gefallen wollen,

eine makellose Fassade aufbauen,

niemanden nach Innen schauen lassen,

sich alles schönfärben,

es wird schon wieder,

sich dauernd etwas vormachen,

den Tatsachen lieber nicht

direkt ins Auge blicken,

den anderen besser die

Wahrheit vorenthalten,

so ist mein Vater mit

seinem Leben umgegangen,

es gab keine Krankheiten,

wer nicht funktionierte,

war faul,

wem er nicht das

Wasser reichen konnte,

war dumm oder ein Spinner,

da war ganz viel Fassade,

ganz wenig dahinter,

ein wahrer Blender,

der geborene Verkäufer,

Konflikte hat er

mit Geld beschwichtigt,

aus Feigheit heruntergespielt,

ich wollte immer etwas

von seinem Inneren sehen,

etwas Persönliches,

dass er Zeit für mich hat,

nur für mich,

nicht auf dem Weg

zu einem seiner Kunden,

er hat das nie richtig verstanden,

obwohl ich oft versucht habe

es ihm klar zu machen,

er hat irgendwie eine

andere Sprache gesprochen oder

mir vielleicht auch nie wirklich zugehört,

irgendwann ist er einfach so gegangen,

ohne sich richtig zu verabschieden,

er hat mich stehen gelassen,

ohne diese Erfüllung,

mit allen diesen offenen Wünschen,

trotzdem habe ich ihn geliebt,

ich wollte ihm immer gefallen,

wollte, dass er stolz auf mich ist,

trotz allem vermisse ich ihn.

## Schulbrote

Heute Morgen habe ich

ein kleines Mädchen beobachtet,

dass sich ein Schulbrot,

einen Apfel und ein Trinktütchen kaufte.

Die Erinnerung an meine eigene Kindheit

gab mir dabei einen Stich ins Herz.

Es tut immer noch weh,

dass sich niemand darum gekümmert hat.

Das Schulbrot verkörpert für mich

sehr viel mehr als nur ein Brot,

was in der Schulpause gegessen wird.

Brote, die meine Mutter

hätte schmieren sollen,

Brote, die mir Kraft und

Rückhalt hätten geben können,

Brote, die mir Stärke und

Selbstvertrauen hätten einflößen können,

Brote als zuverlässige Begleiter,

Brote als Zeichen von Fürsorge,

diese Brote, die ich mir damals

selbst geschmiert habe,

fehlen mir heute immer noch.

## Was mich gerettet hat

Das Draußensein,

unser großer Garten

mit vielen Sonnenbädern,

mein Daumen und

mein Schnuffeltuch,

Tiere mit Fell,

ganz besonders Katzen,

meine Nachbarsfamilie mit

meinen beiden Ersatzbrüdern,

Ferien bei meiner Lieblingstante,

viel Bewegung beim Fußballspielen,

Fahrradfahren, Tennis,

Joggen und Tanzen,

gute Freundinnen

mit ähnlichen Eltern,

andere heile Familienwelten,

Ersatzmütter, –großmütter, -väter,

das Gefühl, dass mein Vater und

mein Bruder an meiner Seite sind,

die Hoffnung auf Versöhnung,

mein großes Energiepotential,

meine Neugierde,

meine Abenteuerlust,

meine Kreativität

und Produktivität,

meine Träume und Phantasien,

meine verborgene Intelligenz,

meine Notizen und meine Geschichten,

meine Hartnäckigkeit, meine Disziplin,

mein Verdrängungsmechanismus,

ein Zusammenbruch im Studium,

eine besondere Kraniosacraltherapie

in Kombination mit Homöopathie,

ein ganz besonderer Arzt

in extrem düsteren Zeiten,

mein Mann, der mich unterstützt

und eine eigene Familie, außerdem

meine ständige Suche

nach Lösungen.

## Ein Garten voller Geheimnisse

Ein großer, dicker Baum,

an den man sich lehnen kann,

der Ruhe und Gelassenheit ausstrahlt,

ein zarter Duft von Rosen,

ein starker Geruch nach Yasmin,

ein Garten voller Gegensätze,

die sich anziehen,

manchmal auch abstoßen.

Eine Katze, die sich sonnt

und mit den Grashalmen spielt,

eine Wiese mit Gänseblümchen,

am Rande stehen duftende Veilchen,

ein liebevoll angelegter Gartenteich.

Hier kann man sich

in seinen Gedanken verlieren,

sie neu ordnen oder

auch wiederfinden,

entspannen,

Abstand gewinnen,

sich besinnen,

mit den Händen in der Erde wühlen,

eine Bude aus alten Brettern bauen,

ein kleines Reich nur für mich,

niemand stört, niemand kommt,

niemand teilt mit mir die Ruhe,

die unglaubliche Ruhe in mir selbst,

hier fühle ich mich nicht alleine,

der Garten gibt mir Kraft,

die Sonne stärkt mich

mit neuer Energie.

Stundenlang bleibe ich,

esse ein paar Kirschen,

Johannes- oder Stachelbeeren,

liege im Gras auf dem Rücken

und schaue in den Himmel,

da sind keine Sorgen,

der Wind hat sie weggetragen.

Am liebsten würde ich

noch länger bleiben,

irgendwann gehe ich allerdings,

wenn mir danach ist,

komme ich einfach wieder,

die Ruhe zu genießen

die mir keiner nehmen kann,

allenfalls ich mir selbst.

# Ferien

Erwartet werden,

sich geborgen fühlen,

umsorgt werden,

Schafe, Hühner, Forellen,

Hunde, Katzen und Mäuse

beim Nähen zuschauen,

bekocht werden,

Nudeln mit Brotkrumen,

Markklößchensuppe mit Maggi,

grüner Wackelpeter,

Köllnflockensuppe,

Apfelkuchen mit Streuseln,

für die Monchichis häkeln,

draußen spazierengehen,

Schäfchen füttern,

sich 'was erzählen,

mit meiner Cousine spielen,

abends gemeinsam beim Fernsehen

geschnibbelte Äpfelchen „frinseln",

in ein vorgewärmtes Bett steigen und

Radio hören, seelenruhig einschlafen,

für den Notfall den Nachttopf haben,

jeden Ferientag weiter genießen.

## Rosinen

Früher habe ich die Rosinen

an andere weitergegeben,

nicht, weil ich sie nicht mochte,

nein, weil ich glaubte,

dass ich sie nicht verdient hätte,

dann gab es eine längere Zeit,

wo ich gar keine Rosinen

mehr gesehen habe,

obwohl es schon welche gab,

heute sehe ich die Rosinen wieder

und das Beste daran ist,

dass ich mir inzwischen

auch die schönsten

für mich aussuchen kann,

ich nehme aber nicht immer

nur die größten, denn manchmal

reicht auch eine runzelige, kleine,

deren verborgene Schönheit

hinter ihrer Fassade steckt.

## Ein anderer Mensch

Manchmal möchte ich

ein anderer Mensch sein,

jemand mit mehr Leichtigkeit,

weniger Schwermut und Last,

jemand, der nicht so viel nachdenkt,

jemand, der nicht so viele

innere Kämpfe führt,

jemand, der gerade heraussagen

kann, was ihn stört,

jemand, der näher an seine

Träume herankommt,

ein Job, der nicht nur Stress macht,

sondern auch glücklich,

ein Team, in dem offener

gesprochen wird,

ein Garten ganz in meiner Nähe,

wo ich genügend Erdung finde,

ein schönes Zimmer nur für mich,

Spaziergänge am Meer,

ganz viel draußen sein,

dabei innere und äußere

Freiheit spüren,

meine Vorstellungen sind

eigentlich ziemlich klar,

erscheinen jetzt gar nicht mehr

so unnahbar wie vorher,

vielleicht sollte ich sie

'mal laut äußern und mich

somit ihnen ein Stück nähern,

wahrscheinlich bin ich

gar nicht so weit weg

von dem jemand anderen

wie ich manchmal denke.

## Phantasien

In meiner Phantasie

kann ich überall hingehen,

ich kann mich auf eine Wolke

oder ins hohe Gras legen,

ohne dass mich die Ameisen pieksen,

mich auf einem Elefantenrücken

in Indien setzen, den ich neulich

in einer Zeitung ganz bunt bemalt

und geschmückt bewundert habe oder

mich in einen Rennwagen begeben,

der ganz schnell fährt,

in dem man nur noch

lautes Motorengeräusch hört

und die enormen Vibrationen spürt,

wenn ich will, kann ich auch

direkt ans Meer fahren,

die Wellen plätschern vor sich hin

oder ich kann mir eine Reise

nach New York vorstellen,

wenn es mir dort zu laut wird,

tausche ich den Ort gegen

eine einsame, ruhige Insel aus,

es ist toll, dass meine Phantasie

wirklich grenzenlos ist

und ich überall hin kann,

wenn ich es mir erlaube.

**Glück am Meer**

Manchmal brauche ich nur

ans Meer zu fahren,

um glücklich zu sein.

Dort fällt alles von mir ab,

ich träume einfach mit offenen Augen.

Meine Augen ruhen auf der See,

verweilen am Horizont, dem Strand

oder auf den vielen Steinen.

Der Stress des Alltags ist weit weg,

alles kommt zur Ruhe,

mein Körper fühlt sich

frei und gelöst an.

## Düstere Tage

Es gibt Tage, an denen mir die Kraft

und die Energie zum Aufstehen fehlt,

die Vorstellung, dass ich zu wenig

Kraft zum Duschen habe ist gruselig,

es dennoch geschafft zu haben

ist ein winzig kleiner Lichtblick,

die kleinsten Dinge

erscheinen mir riesig,

oftmals unüberwindbar,

alles kostet unglaublich viel Kraft,

jeder noch so kleine Schritt ist

für mich eine große Überwindung,

die Freude ist ganz verblasst,

irgendwohin verschwunden,

genauso wie die Leichtigkeit,

manchmal dauert es Wochen

bis sie wieder da sind,

ich komme mir dann vor

wie ein kleiner Roboter,

der irgendwie sein

Schmalspur-Programm abspult

und seine Funktionen vortäuscht,

alles an und in mir wirkt unecht,

die Stunden des Tage zu füllen

ist unglaublich schwer,

nach einer gefühlten Ewigkeit

kehrt wieder ein wenig Licht zurück,

es geht nur sehr, sehr langsam,

am liebsten würde ich dann die lichten

Momente ganz doll festhalten,

sie nicht mehr hergeben,

aber sie lassen sich nicht einfangen,

sie ziehen vorbei,

genauso wie irgendwann

die düsteren Tage.

## Engel

Ich mag Engel

und ich glaube auch,

dass es tatsächlich welche gibt,

denn schon öfter hatte ich besonders

in ganz schwierigen Situationen

einen Schutzengel,

ohne genau zu wissen

woher er gekommen ist,

er war einfach da,

ohne, dass ich ihn gerufen

oder bestellt habe

und er hat mich

in gewisser Weise

gerettet, vielmehr mich

vor Schlimmerem bewahrt

oder mir jemanden geschickt,

der mir zur Seite stand,

es ist jedenfalls beruhigend,

dass es Schutzengel gibt.

## An meiner Seite

Viele Jahre durfte niemand

an meiner Seite stehen,

ich habe das nicht zugelassen,

weil ich mich ausschließlich

auf mich selbst verließ und

den Gedanken verlassen zu werden

oder stehen gelassen zu werden

nicht noch 'mal ertragen konnte.

Im Endeffekt war ich sehr einsam,

konnte keine wirklichen

Bindungen eingehen,

obwohl viele Menschen

um mich herum waren.

Ich selbst hatte den Eindruck

offen gegenüber anderen zu sein,

aber niemand durfte

mir zu nahe kommen,

mein Innerstes,

mein Herz berühren,

wichtig war da immer

ein großer Sicherheitsabstand,

der nicht unterschritten

werden durfte.

Inzwischen hat sich das

grundlegend geändert,

denn ich durfte erfahren,

dass es gut tut, Hilfe

von anderen anzunehmen

und ich muss dabei kein

schlechtes Gewissen haben,

die anderen sind dankbar

mir etwas zurückzugeben

und ich bin es auch.

## Unsere Linde

Sie steht direkt vor unserem Balkon

und bekommt jetzt gerade wieder

ihre ersten Blättchen,

das ganze Jahr können wir

an Ihr die Jahreszeiten ablesen,

erfreuen uns an ihrem

üppigen Blätterdach,

vor allem nach der langen Zeit

der kahlen, farblosen Äste,

allerdings werden nur dann

die Häuser auf der gegenüber-

liegenden Seite sichtbar,

sie ist fast so groß wie das Haus

und streckt ihre Arme einladend

zu unserem Balkon herüber,

die Vögel sitzen oft darin

und warten bis wir vom

Frühstückstisch verschwunden sind,

um ungestört an ihr Futter zu kommen,

auch wenn im Sommer

nach der schönen Blüte

ihre Fruchtstände

ziemlich klebrig sind,

schätze ich sie sehr,

sie bringt das frische

Grün in die Stadt, die

manchmal ein wenig

grau erscheint

besonders nach den

langen Wintertagen.

## Kirschblüten

Eine der wunderbarsten

Jahreszeiten ist die

der Kirschblüten,

diese Blüten bedeuten

mir sehr viel,

sie erinnern mich an

unseren früheren Garten,

wo eine riesige japanische

Kirsche hinter 'm Haus stand,

jedes Jahr gab es immer wieder

auf 's Neue ein Meer von diesen

wunderschönen, rosernen Blüten,

sie sehen so zart und

so vollkommen aus,

jetzt blühen sie gerade wieder und

ich bleibe immer ein wenig

andächtig vor ihnen stehen,

kann mich kaum an ihnen satt sehen,

erinnere mich dabei an unseren

alten riesigen Baum,

ihre Schönheit und

ihre Einzigartigkeit

hält mich in ihrem

sagenhaften Bann gefangen,

berührt von meinen

Erinnerungen an das

wundersame Blütenmeer

in unserem alten Garten.

## Durch den Regenbogen

Zuerst hatte es ziemlich stark geregnet,

vor uns lag der Himmel

voller dunkler Wolken,

dann kam hinter uns die Sonne hervor,

ganz plötzlich spannte sich vor unseren

Augen ein riesiger Regenbogen auf,

ich hatte schon längere Zeit

keinen mehr gesehen,

seine Farben wirkten

zusammen mit dem Kontrast

des dunkelgrauen Himmels

unheimlich brilliant und leuchtend,

da wir ein bisschen schneller waren

als die Wolken über uns vorbeizogen,

fuhren wir direkt durch

den Regenbogen hindurch,

es war ein schöner,

besonderer Augenblick,

voller Farben und voller Glück.

# Gartenidyll

Lange habe ich nicht mehr

so eine Idylle genossen,

ein schöner, wilder Garten

auf dem Lande ist doch

etwas anderes als ein

spießiger in der Stadt,

hier gibt es viele Plätze

zum Wohlfühlen, Beobachten

oder Verstecken,

es ist für jeden etwas dabei,

morgens genießen wir

die ersten Sonnenstrahlen

auf der Terrasse beim Frühstücken,

jetzt sitze ich im Schatten zwischen

Klee und Löwenzahn auf der Wiese,

Linus genießt das kleine Plantschbecken,

um mich herum gibt es viele schöne Bäume,

eine alte Linde, große Pappeln und Weiden,

außerdem einige Beete mit Rosen, Stauden,

Kräutern und einem Naschgarten

mit dunklen Johannisbeeren,

der Apfelbaum hängt voller Früchte,

mir fehlen noch ein paar

üppige Sommerblumen

wie Margeriten, Hortensien

und Lavendelbüsche,

es juckt mich förmlich

in den Fingern

in der Erde zu wühlen und

etwas zu pflanzen,

wie früher in unserem großen Garten,

dieser Feriengarten gefällt

mir allerdings besser,

weil er eine besondere Wildness und

eine Freiheitsliebe in sich trägt,

genau das nötige Bisschen an Ordnung,

die richtige Balance zwischen dem

Geordneten und der Verwunschenheit

mit Räumen zum Zurückziehen

und Entspannen,

am liebsten würde ich Einiges davon

in meinen Koffer packen und mitnehmen,

für 's nächste Mal würde ich mir noch

eine bequeme Gartenliege bestellen,

wahrscheinlich würde ich dann

aber nie wieder wegwollen.

## Die blaue Bank

Wie viele Menschen

dort schon gesessen haben?

Ich genieße

die morgendlichen

Sonnenstrahlen,

leider kommt da

jetzt die U-Bahn.

Die Bank ist blau,

hatte vielleicht auch

schon einige andere Töne,

an manchen Stellen,

blättert die Farbe ab,

aber das macht nichts,

sie ist trotzdem schön

und lädt zum Sitzen ein.

Momentan steht sie in einer Baustelle,

umgeben von neuen Pflastersteinen,

Brettern und Absperrungen,

aber das macht nichts,

die Bank ruht in sich selbst,

sie lässt sich vom Alltagsstress

und der Hektik der Menschen

nicht beeindrucken.

Sie bietet einen guten Platz,

auch wenn sie neulich

ein paar Meter verrückt wurde,

ihre Ruhe und Gelassenheit

steckt in ihrem alten Holz,

die kann ihr keiner nehmen,

ein Stück davon kann man

allerdings mit ihr teilen

durch einfaches Verweilen.

## Einen alten Freund treffen

Sich einfach verabreden,

einen Treffpunkt ausmachen,

sich sofort wiedererkennen,

miteinander vertraut sein,

eine bestimmte Verbindung haben,

sich austauschen,

sich verstehen,

neugierig auf die Geschichten

des anderen sein,

gemeinsam lachen,

sich viel zu erzählen haben,

zuhören,

mitfühlen,

sich wundern,

Gemeinsamkeiten entdecken,

Erinnerungen von früher teilen,

an Vergangenes denken,

Erfahrungen austauschen,

sich nichts vormachen müssen,

keine anstrengende Rolle einnehmen,

sich entspannen,

sich wiedertreffen wollen,

irgendwann,

irgendwo.

## Sonnenfrühstück

Der späte Sommer hat

uns in den letzten Wochen

nochmal so richtig verwöhnt,

so dass wir ganz oft morgens auf

unserem Balkon frühstücken konnten,

am liebsten würde ich mich den ganzen Tag

von der wärmenden Kraft und

der besonderen Energie

hier oben bescheinen lassen,

wären da nicht ein paar Tätigkeiten,

die drinnen auf mich warten,

mein Kaffee ist glücklicherweise

noch nicht alle und ich kann meine

„To do's" noch ein bisschen

nach hinten verschieben,

denn wer weiß wie lange die

wunderbaren Sonnentage

noch anhalten.

## Über den Wolken

Meistens sieht man die Wolken

nur von unten, manchmal

ziehen sie sehr schnell vorbei,

jetzt befindet sich gerade ein Meer

aus Wolken unter mir,

ein Meer aus Wattebäuschen,

winzige Häuser und Felder

luken dazwischen hervor,

oft macht mir das Fliegen große Angst,

den Boden unter den Füßen zu verlieren,

ist ganz schwierig für mich,

heute genieße ich allerdings

die Aussicht auf die Wolken,

der Sonne ein wesentliches

Stück näher zu sein,

keine dunklen, grauen Aussichten mehr,

die sich vor die Sonne schieben können,

der Himmel hat ein schönes, klares Blau,

der Wolkenteppich darunter ist ganz weiß,

von hellblauen, kleinen Löchern durchzogen,

es ist schön, der Beobachter

eines grenzenlosen Himmels zu sein,

vor mir liegt ein unendlicher

Teppich aus Wolken,

in meiner Phantasie

ist er ganz weich,

er hält mich fest wie eine

unsichtbare Hängematte,

ich bin froh, dass ich diesmal

keine Angst habe, denn die Angst

verwehrt mir oft die Sicht

auf diese phantastischen Dinge,

für den weiteren Flug habe ich mir

keine Turbulenzen und eine

sanfte Landung gewünscht.

## Begegnung mit der Wut

Die Wut tritt immer sehr massiv auf,

so dass ich erst 'mal

nicht weiß wohin damit,

sie ist so unglaublich heftig,

dass sie meinen Organismus lähmt,

danach brodelt es wie wild

und sie steigt mir bis zum Hals

und später in meinen Kopf,

früher hat sie sich nur

nach Innen gerichtet,

weil sie keine Daseinsberechtigung hatte,

zumindest keine Berechtigung nach

außen dringen zu dürfen,

in den letzten Monaten

hat sie sich oft gesammelt

und mir durch den Stau

viele Kopfschmerzen bereitet,

weil das Ventil so klein war

und die Wut eben so groß,

vor einigen Tagen hatte ich das Gefühl,

das erste Mal in meinem Leben

meiner eigenen Wut zu begegnen,

ich bin ihr entgegen getreten

und habe sie dabei tatsächlich

innerlich willkommen geheißen,

sie nahm zunächst einen großen Raum ein,

verschwand später dann aber wieder

auf ganz wundersame Weise,

ohne das ich das Gefühl hatte

sie bezwungen zu haben.

## Meine Freikarte

Ich bin stolzer Besitzer einer Freikarte,

nein, gewonnen habe ich sie nicht,

zugeflogen ist sie mir auch nicht,

ich habe sie bekommen,

sie ist nur für mich

und sie gilt immer,

wann immer ich will,

gebe ich mir frei,

einfach so,

ohne besonderen Grund,

nehme ich mir freie Zeit,

Sekunden, Minuten, Stunden oder Tage,

ich kann sie selbst ausfüllen

oder ich lasse sie einfach füllen,

mit Eis essen,

bummeln,

nachdenken,

spazierengehen,

im Cafe sitzen,

Menschen beobachten,

egal was, nur

irgendetwas Schönes.

## Rückenwind

Das erste Mal in meinem Leben

spüre ich den Rückenwind,

es fühlt sich ganz neu an und

irgendwie unglaublich,

ich werde von einer

imaginären Kraft

nach vorne gezogen,

früher habe ich ständig gegen

Stürme und Strudel angekämpft,

die habe ich heute

hinter mir gelassen,

es ist ein tolles Gefühl,

ich lächle mir zu,

ohne Anstrengung,

alles ist auf einmal

so leicht,

Wahnsinn!!!

## Nähen

Etwas verbinden,

mehrere Lagen zusammenfügen,

Stoffe und Zutaten aussuchen,

die Verliebtheit ins Detail entdecken,

sich ein schönes Zusammenspiel ausdenken,

Garne, Stoffe, Knöpfe und Bänder

aus besonderen Farben kombinieren,

am Anfang steht da ein

hoher Begeisterungsgrad,

etwas Neues zu finden

und zu kreieren,

dieser verliert sich

allerdings beim Verbinden,

die Verbindung ist

irgendwie negativ besetzt,

mir begegnet dabei ein

gnadenloser Perfektionismus,

der wirklich alles in

den Schatten stellt,

ich erhalte ein Bild

meiner Großmutter,

sehe grenzenlose Unglücklichkeit,

zudem eine große Schwermut

und Traurigkeit,

das Verbinden bringt sie

schließlich in Rage,

macht sie wütend, beinahe

ohnmächtig vor Zorn,

ich weiß, dass ich diese,

ihre Gefühle überwinden kann,

denn meine neue Tasche finde

ich wirklich schön,

eigentlich möchte ich

noch mehr davon nähen,

vielleicht ist es die

Verbundenheit zu meiner Oma,

die ich früher nie spüren konnte,

die mir aber sehr wichtig ist.

**Alte Muster**

Ich weiß jetzt,

dass man die alten Muster

weiter in sich trägt,

ich dachte sie hätten

sich aufgelöst,

aber sie waren nur weiter

in den Hintergrund gerückt,

dann sind sie alle auf einmal

wieder aufgetaucht,

so ergab sich ein völliges Chaos,

welches neu sortiert werden musste,

damit die Ängste wieder in den

Hintergrund wandern können,

dort wo sie hingehören,

dies geht wahrhaftig nur

in kleinen Schritten,

ganz schwierig,

besonders für

ungeduldige Zwillinge.

## Gewandkästen

Im Mittelpunkt steht ein kleines Gewand

auf einer winzigen Bühne inszeniert,

geschützt hinter Glas,

eine kleine eigene Welt voller Dynamik,

eine unsichtbare tanzende Ballerina

oder gar ich selbst

in einem unbekannten Stück

mit einem märchenhaften Gewand,

meine Phantasie beginnt zu tanzen,

erst ganz zaghaft,

dann schon etwas mutiger

mit kleinen Pirouetten und Sprüngen.

Schaut da etwa jemand zu?

Nein, es ist mein eigener Tanz,

er ist nur für mich,

ich allein bestimme das Tempo

und die Reihenfolge,

mit meiner eigenen Interpretation,

denn es ist allein meine Kunst.

## Beuteltier

Mein Mann behauptet

ich wäre ein Beuteltier,

denn ich liebe Taschen

und Beutel,

ab und zu brauche ich

eben etwas Neues,

obwohl ich schon eine

beachtliche Sammlung habe,

aber darunter sind einige,

wenige Lieblinge,

die ich wirklich

sehr oft trage,

andere, die schön sind,

die aber doch nicht

so recht zu mir passen,

ich sollte sie 'mal

wieder aussortieren,

um einen überschaubaren

Rahmen zu erhalten,

oft ergeben sich dadurch

wieder neue Räume

für eine passende Ergänzung.

## Katzen

Sie sind meine Lieblingstiere,

wenn ich sie sehe,

geht mir das Herz auf,

ich fühle mich sehr stark

zu ihnen hingezogen,

ganz besonders bewundere

ich ihre grazilen und

anmutenden Bewegungen,

ihren starken Eigensinn,

ihre lautlosen Samtpfoten,

ihren langen, geruhsamen Schlaf,

das ausgiebige Recken und Strecken,

ihr sorgfältiges Putzen,

ein bisschen Schmusen,

allerdings nur, wenn ihnen danach ist,

belohnt wird man mit einem

wohligen, intensiven Schnurren,

manchmal auch mit sanften Pfotentritten,

ihr Fell ist so kuschelig weich,

besonders das am Bauch,

wenn es ihnen zu viel wird,

fahren sie ihre spitzen Krallen aus,

zudem können sie kräftig beißen

oder auch wild fauchen

meistens sind sie sehr

wählerisch und verwöhnt,

mögen am liebsten frische Speisen,

jagen leider Vögel und Mäuse,

ganz besonders lieben sie Blumensträuße

mit Gräsern, aber auch gerne Tulpen,

sie sind unglaublich neugierig,

können frühmorgens ziemlich nerven,

haben täglich ihre Fünf-Minuten-Raserei,

sitzen unglaublich gerne am Fenster,

können stundenlang beobachten

ohne sich zu langweilen,

sie balancieren mühelos

über schmale Grate

sogar in schwindelnden Höhen,

spielen gerne mit kleinen Fellbällen,

beliebte Verstecke sind Kartons

oder kuschelige Höhlen,

weiche, flauschige Decken

oder warme Heizungsrohre

unter dem Teppichboden

verführen sie zum Einrollen,

um sich entspannten

Katzenträumen

hinzugeben.

## Endlich bei mir

Es hat lange gedauert,

aber jetzt bin ich endlich

bei mir angekommen,

oft habe ich das Leben

der anderen gelebt,

gar nicht 'mal bewusst,

aber sie haben sich einfach

dazwischen gedrängelt,

wahrscheinlich, weil sie sich

so extrem zurückgezogen hatten,

selbst nicht mehr viel

zum Leben beitragen konnten,

es ist ein seltsames Gefühl,

all' das los zu sein, die vielen Gedanken,

die gar nicht meine waren wie z.B.

„Ich muss alles alleine machen" oder

„Alles bleibt an mir hängen" oder

das immer während schlechte Gewissen,

wenn ich Geld ausgegeben habe oder

die Dramen, die sich ereigneten,

wenn zu viel Unordnung war,

„Alles wächst mir über den Kopf"

oder „Ich verkomme im Unrat",

das war ein alltäglicher Ausnahmezustand,

denn den Haushalt hatte ich ja

jeden Tag vor der Nase,

täglich ein neuer, aber doch

alt-bekannter Kampf,

jetzt muss ich nichts mehr wegwischen,

was unmöglich war wegzuwischen,

ich kann es kaum fassen,

denn alles fühlt sich jetzt anders an,

irgendwie sauber und rein,

übersichtlicher,

anscheinend hat innen d'rin

einer kräftig aufgeräumt,

jahrelang habe ich verzweifelt versucht

durch eine äußere Ordnung

eine innere herzustellen,

aber es war zu viel,

zu undurchsichtig, zu verworren,

diese Lasten waren enorm groß,

zu schwerwiegend für einen alleine,

die Last mit der Schuld

von zwei Generationen

und dann noch meine ganz

persönliche oben d'rauf.

Der helle Wahnsinn!!!

## Meine Mitte

Das Gefühl meine Mitte zu spüren

ist ganz neu für mich,

mit fünf Jahren Kranio

haben wir (!) das geschafft,

ich bin tatsächlich stolz

und unglaublich dankbar,

ich bin bei mir angekommen,

ich spiele jetzt die Hauptrolle

und nicht mehr die anderen,

die anderen sind auch noch wichtig,

aber sie haben die Nebenrollen

und in der Mitte stehe ich,

manchmal ist das Gefühl

noch etwas unwirklich

oder auch unheimlich,

es fügt sich momentan

so Vieles zusammen

ein bisschen wie von alleine,

denn da ist immer noch der Rückenwind.

## Rückendeckung

Als meine persönliche Rückenstärkung

habe ich mir einen großen, starken und

wunderschönen Ahornbaum ausgemalt,

mit seinen festverzweigten Wurzeln

steht er direkt hinter mir,

er ist nahezu unerschütterlich,

bietet mir einen guten Rückhalt,

schützt mich durch sein Blätterdach,

wenn ich eine Pause brauche,

kann ich mich an ihn lehnen,

er steht mir jederzeit zur Verfügung,

seine Blätter haben großartige,

markante Zacken,

im Herbst entfalten sie

ihre enorme Leuchtkraft,

ein wunderbares, warmes Orange,

geht dann später in ein

feuriges Rot über,

ich bewundere

seine Ausstrahlung,

seine Kraft und

seine große Stärke,

ich bin froh diesen

verlässlichen Gefährten

für meine ganz persönliche

Rückendeckung gefunden zu haben.

## Verlorenes „Ich"

Manchmal ist es wichtig,

dass man sein verlorenes

„Ich" wieder einfängt,

besonders dann, wenn

der Raum für sich zu klein

oder gar verloren gegangen ist,

gerade gestern hat mir das jemand

ganz deutlich vor Augen gehalten,

meine Karte mit den drei Buchstaben,

die Freikarte,

den Raum für mich,

den ich mir mühsam

zu erkämpfen versuchte,

der Raum ist da,

ich muss ihn eigentlich

nur betreten und

mir gehört nicht nur

die Zeit unter der Dusche

oder, wenn unser Kind schläft,

nein, mir gehören die gleichen Stunden

des Tages wie meinen beiden Männern,

'mal darf der eine im Vordergrund stehen,

aber auch 'mal die anderen,

wichtig daran ist nur,

dass jeder 'mal d'ran kommt.

## Meins

Meins, Seins und Euers,

für viele sind diese Abgrenzungen

völlig normal und selbstverständlich,

für mich irgendwie nicht,

bevor ich an Meins denke,

kümmere ich mich immer

zunächst um das der anderen,

schaue, ob diese genug haben und

ausreichend versorgt sind,

manchmal vergesse ich regelrecht,

dass ich auch da bin,

versäume beispielsweise dabei

mein Stück Kuchen zu genießen

oder vergesse meinen Kaffee zu trinken,

irgendwie steht zwischen mir

und dem Meins eine Art Barriere,

ich habe das Gefühl, ich müsste mich

immer zum Meins hinschupsen,

damit ich es mir nehmen kann

und dort auch einen Moment bleibe,

Meins ist doch so unglaublich schön,

wenn ich in meinem Buch versinke oder

bei meinen Fotos das Weitergehen versäume,

dann fühle ich mich richtig wohl,

bei Tätigkeiten ist es ein wenig leichter,

je alltäglicher die Dinge werden,

desto schwieriger ist es für mich,

je dichter die anderen kommen,

desto unmöglicher ist es bei mir zu bleiben,

bei weniger Besuch läuft es besser,

dabei habe ich doch gerne

Menschen um mich herum,

ich glaube, ich sollte mir

mehr mein Meins bewahren,

es bewusster festhalten und

sorgfältiger pflegen, die anderen

werden schon nicht zu kurz kommen,

denn ein jeder kann sich ja

selbst um Seins kümmern.

## Verzweigungen

Ein Baum der wenige Verzweigungen hat

ist nicht wirklich ein schöner Baum,

er wird erst richtig bewundernswert

durch seine vielen Verästelungen,

manchmal habe ich mich in

den Verzweigungen verlaufen

oder war in den Wurzeln

regelrecht gefangen,

das hat mich ein wenig vergessen

oder verlernen lassen

an die Entwicklung

nach oben zu denken,

eine ausgewogene Balance

ist in jedem Fall wichtig

in jeder Wachstumsperiode,

ein bisschen Entwicklung in die Breite,

dann wieder etwas Höhe gewinnen,

auch die Mitte ist nicht

außer Acht zu lassen,

denn nur ein dicker,

starker Stamm kann

die vielen Äste tragen und

den verschiedenen Stürmen trotzen.

## Tiefe Zufriedenheit

Vor ein paar Wochen habe ich
die Balkonkästen neu bepflanzt,
jetzt erfreue ich mich an dem neuen Bild,
einem frischen Grün mit Violett und Weiß,
das Buddeln und Pflanzen lässt mich
in eine andere Welt tauchen,
fernab vom Alltag, den Pflichten,
es verschafft mir eine tiefe Zufriedenheit,
eine angenehme Leere und eine
besondere innere Ruhe,
vielleicht hat es etwas mit der Erde zu tun,
aber allein schon die Fahrt zur Gärtnerei
ist pures Vergnügen,
auch wenn sich mein Rücken
nach getaner Arbeit beschwert,
gleite ich jetzt auf einer Welle
der Zufriedenheit dem
Sonnenuntergang entgegen,
was für ein schöner Tag.

## Sich den Urlaub zurückholen

Draußen ist es regnerisch,

ungemütlich und kalt,

es könnte auch schon November sein,

auf dem Tisch in der Schale

liegen die Muscheln, die ich

in Andalusien gesammelt habe,

ich denke an den Augenblick in der Sonne

an den Strand, wo ich sie gefunden habe,

an die Ruhe, an das Glück,

an meine Gelassenheit

fern vom Alltag zu Hause,

den Sand unter meinen Füßen spürend

wanderten meine Augen suchend

über den Strand,

da lagen sie vor mir,

manche noch ganz und unversehrt,

manche in kleineren Teilen

oder einzelnen Fragmenten,

schöne Steine lagen auch dort,

die ganz glatten faszinierten

mich am meisten,

der feine Sand und das Meer

haben ihre Oberfläche

mit der Zeit extrem fein geschliffen,

ein ganz besonderer Schatz liegt

nun auf meinem Nachttisch,

eine gelblich-weiße ovale Scheibe

mit einem winzigen Schneckenhaus,

irgendwann war es einmal

eine große Schnecke,

davon übrig geblieben ist

nun ein kleines Schmuckstück,

völlig verwandelt vom

Zusammenspiel der Natur,

dem Wasser, dem Wind,

der Sonne und der Erde.

## Strandperle

Eine halbe Ewigkeit

war ich nicht mehr hier,

ich konnte mich kaum noch

an den letzten Besuch erinnern,

da musste erst meine langjährige

Freundin nach Hamburg kommen,

um diese Idylle wiederzufinden,

günstige Anreise mit der HVV-Fähre

von den Landungsbrücken nach Övelgönne,

dann noch ein kleines Stück

am Elbstrand entlang,

zwei Stühle im Sand

in der ersten Reihe und

die Aussicht auf die Containerriesen

mit den großen Kränen genießen,

der Sonnenuntergang hätte kaum schöner

sein können, mit rosa-roten Wölkchen

für die Damen und alle Romantiker,

einfach wunderbar!

für Getränke war gesorgt und der Gesprächstoff ging uns auch nicht aus, genauso wie der Anflug des Fernwehs beim Anblick der Hafenszenerie mit der tollen Lichtkunst in leuchtendem Blau auf der anderen Uferseite.

## Hilfe, hilfe!

Ich helfe anderen wirklich gerne,

aber es fällt mir unglaublich

schwer selbst Hilfe anzunehmen,

momentan befinde ich mich

allerdings regelrecht im Trainingscamp,

denn wir haben nun eine Haushaltshilfe,

anfangs habe ich mit ihr um die Wette

geputzt, geräumt und anschließend

war ich immer völlig geschafft,

mittlerweile klappt es

schon ein wenig besser

ich mache 'mal eine Pause

oder sogar 'mal etwas ganz anderes,

wozu ich sonst nicht komme,

problematisch ist tatsächlich,

dass ja immer irgendwo eine

Baustelle auf mich lauert,

die Kunst ist es aber

sie stehen zu lassen,

sie beobachten zu können,

sie überhaupt erst 'mal wirken zu lassen,

auch wenn sie ein bisschen stört,

empfohlen wurde mir das

mit der Hilfe ja schon öfters,

aber ich konnte mich

bisher nie überwinden

mir diese selbst zuzugestehen,

das Ausprobieren tut mir jedenfalls gut

und auch der Austausch mit einer

anderen Mutter, die ebenfalls

zwei Kinder hat ist schön,

der tägliche Marathon läuft sich

nun etwas leichter und

Hilfe annehmen

kann man

tatsächlich

lernen.

## Glücks(t)räume

Fast alle träumen doch

irgendwie vom Glück,

wir sind mehr oder weniger glücklich,

in manchen Phasen ist man vielleicht

so im Stress, dass die Aussichten

auf das Glück völlig verklärt sind,

aber an irgendeiner Ecke wartet das Glück,

manchmal hilft es auch aufzuräumen

oder sich von ungeliebtem Kram zu lösen

oder einen Sessel zu kaufen,

von dem man schon lange geträumt hat,

es ist wichtig sich die Glücksträume

zurückzuerobern oder

auch ganz neue Räume

für 's Glück zu suchen,

manche warten solange

bis ihnen das Glück

vor die Füße fällt,

das kann allerdings ewig dauern,

ich denke es ist wirkungsvoller

die aktive Suche nach

dem Glück zu starten

und sich dafür jeden Abend

sein persönliches Scheibchen Glück

beim Einschlafen vorzustellen.

# Gummistiefel

Ganz besonders schöne,

gelbe mit rosa-roten Blumen,

so welche hätte ich auch gerne,

sie sind für das Patenkind,

zum dreijährigen Geburtstag,

in Schuhgröße achtundzwanzig,

so klein und niedlich,

völlig unbedarft in

eine Pfütze hineinspringen,

irgendwie wäre es schön

'mal wieder achtlos zu sein,

manchmal finde ich es

sehr anstrengend

so umsichtig zu sein,

vielleicht denke ich

zu sehr an die anderen,

zu wenig an mich selbst,

an die gelben Gummistiefel,

mit den bunten Blumen

an eine große Pfütze,

mit einem großen Satz,

plitsch, platsch.

## Mitbewohner

Seit einigen Wochen

habe ich einen Mitbewohner,

noch ist er oder vielleicht auch sie

von außen nicht großartig sichtbar,

von innen konnte ich allerdings schon

diverse Veränderungen bemerken,

erst war da ein merkwürdiges Blubbern,

dann kam hinzu, dass sich einige Körperteile

unter Hochspannung befanden,

dadurch ziemlich empfindlich waren,

an der ein oder anderen Stelle dehnten sich

Bänder aus von deren Existenz ich zuvor

keinen blassen Schimmer hatte,

manchmal spüre ich leichte Strömungen

unter der Bauchdecke,

es ist wirklich spannend,

mittlerweile klemmt

der Hosenbund ganz gewaltig,

Klammern und Schlaufen

dienen noch zur Überbrückung,

werden aber bald bestimmt

nicht mehr ausreichen,

'mal schauen was die nächsten Wochen

noch so für Veränderungen

mit sich bringen.

## Das innere Band

In der ganzen Zeit der Schwangerschaft,

die sich nun dem Ende entgegen neigt,

ist zwischen uns ein inneres

Band entstanden,

am Anfang war da ein kleines Fädchen,

eine leise Ahnung was da vor sich ging,

mit stärker werdenden Signalen,

haben wir uns mehr und mehr

aufeinander zubewegt,

aus dem Faden wurde

schließlich ein Band,

es entstand eine tiefe,

innere Verbundenheit,

die ich vorher so

nicht kannte.

## Ein einzigartiger Moment

Unseren Sohn das erste Mal

in den Arm zu nehmen

war wirklich ein besonderer,

einzigartiger Moment,

die Anstrengung war es

in jedem Falle wert,

ein tiefes Glücksgefühl

erhellt mich immer noch

bei seinem Anblick.

## Herr Zweizahn

Seine beiden Zähne blitzen

in der ersten Reihe,

zwischen ihnen gibt es

eine niedliche, kleine Lücke,

wir sind alle ganz stolz darauf,

der kleine Besitzer dieser Zähnchen

ist ein aufgewecktes, neugieriges Kerlchen,

vermeidet, wenn irgendwie möglich,

das Zuklappen der Augenlider,

denn verpassen möchte man ja nichts,

allerdings lässt sich der Kampf gegen

die Müdigkeit nicht immer gewinnen

und manchmal ist es ganz vernünftig

sie 'mal für kurze Zeit zu schließen,

um danach mit vereinten Kräften,

den Weg zum Krabbeln herauszufinden,

damit Herr Zweizahn endlich dahin kommt,

wo er doch so unbedingt hin möchte.

## Liebe auf den ersten Blick

Gleich am ersten Tag in der Kita

begegnete Linus der kleinen Anni,

sie ist ziemlich schüchtern,

beinahe wie ein scheues Reh,

sie hat braune, kleine Zöpfe

und Linus findet sie großartig,

jeden Tag redet er seither von ihr,

er kann erst wenige Worte sprechen

wie Mama, Papa, Wau Wau,

Oppa, Omma, (N)Engel,

Bär, Teddy oder alle,

aber ANNI ist seit letzter Woche

wirklich der Dauerbrenner,

von morgens bis abends

höre ich ihren Namen,

unglaublich niedlich,

er ist noch so klein

und dennoch hat er schon

seine erste Liebe gefunden.

## Der Sand

Eigentlich mag ich gerne Sand,

am liebsten am Strand

zwischen meinen Füßen

am Meer,

aber in der Wohnung

hat er mich schon fast

wahnsinnig gemacht,

jeden Nachmittag kam er

mit Linus aus der Kita und

vom Spielplatz nach Hause,

er kam überall her,

aus den Schuhen,

sämtlichen Taschen,

der Kapuze und

den Hosenumschlägen,

gerade frisch gesaugt und

im Nu folgte die erneute Sandflut,

trotz Ausschlagen war da kein Entrinnen,

irgendwie gab es nur vor oder

nach dem Saubermachen,

aber eben keine wirklich

sandfreie Zone mehr.

## Unser Funkelstern

Linus und ich haben

einen Funkelstern,

er strahlt deutlich heller und

wirkt auch ein bisschen größer

als die übrigen Sterne am Himmel,

leider können wir ihn nicht immer sehen,

denn manchmal schieben sich

dicke Wolken davor und

versperren uns die Sicht,

er ist zwar immer da,

aber am besten können

wir tatsächlich einschlafen,

wenn der Funkelstern

zu uns herüberleuchtet,

heute Abend haben wir ihn

jedenfalls freudestrahlend

oben am Himmelzelt gesehen.

## Purzelbaumprinzessin

Unsere kleine Prinzessin

turnt schon ordentlich herum,

auch, wenn ich sie noch nicht

auf dem Arm halten kann,

macht sie sich ganz offensichtlich

durch ihre vielen Purzelbäume bemerkbar,

sie liebt anscheinend die Bewegung,

vielleicht ist sie eine kleine Tänzerin,

die viel Wirbel braucht,

ich bin sehr gespannt

auf unsere Nummer zwei,

die wahrscheinlich Mitte November

das Licht der Welt erblicken wird.

## Meine Mitbewohnerin

Lange dauert es nicht mehr bis meine

Mitbewohnerin ihren Hafen verlässt,

noch knappe sechs Wochen

bis Anfang November,

nachwievor turnt die

Purzelbiene fleißig herum,

kürzlich hatte sie beim ersten CTG

noch einen Schluckauf dazu,

der Bauch ist nicht ganz so groß

wie bei unserer Nummer 1,

meistens liegt sie schön mittig und

lässt mir genügend Raum zum Atmen,

zu später Stunde dreht sie gerne voll auf

und steppt wie wild herum,

jetzt muss nur noch mein blöder Husten

nachlassen, dann wird die Purzelbiene

auch nicht mehr so arg herumgewirbelt,

wir sind jedenfalls sehr gespannt,

am meisten auf ihre Haarfarbe.

## Maiamausel

Inzwischen sind schon neun Monate

nach Maias Geburt vergangen

und sie ist richtig groß geworden,

aus dem kleinen Wesen,

was sich anfangs unter

der Atemmaske kaum geregt hat,

ist eine flotte Biene geworden,

die sich eifrig rückwärts

über das Parkett schiebt

oder beim Kreiseln neugierig

ihre Spielsachen erkundet,

schlafen ist tagsüber nicht mehr angesagt,

dann wird rebelliert und gemeckert,

die Zähnchen lassen immer

noch auf sich warten,

vielleicht mag Maia deswegen

auch nicht so gerne Brei,

wir üben ab und zu ein bisschen,

mühsame 3 bis 4 Löffelchen,

meistens mit großer Sauerei

und kehren dann doch zum

bekannten Fläschchen zurück,

dafür liebt Maia Brotstreifen,

Kekse, ganz besonders süße

Aprikosen zum Auslutschen

und in die Haare schmieren.

## Frau Einzahn

Endlich schaut bei Maia

ein Zahn um die Ecke,

es ist irgendwie

ein Meilenstein,

zumindest für mich,

unten rechts lukt schon

eine kleine Spitze hervor,

warum ist das so wichtig?

eigentlich sollte es

doch egal sein,

aber es ist es nicht!

Fast alles kommt bei Maia

ein bisschen später,

manchmal packt mich

die Ungeduld oder

möchte man nicht

den Anschluss verlieren,

aber den Anschluss woran?

Ich freu' mich jedenfalls riesig und

nehme es als positives Zeichen,

außerdem zieht Maia sich nun vorwärts,

was mich auch sehr glücklich macht,

vielleicht ist es das lange Warten,

nun schon ein ganzes Jahr,

was einen gelegentlich

doch etwas mürbe macht.

## Ein volles Leben

Manchmal ist mein Leben so voll,

dass ich nicht mehr weiß,

wo oben und unten ist,

es steckt voller Wäsche,

Geschirr, Spielzeug,

Füttern, Windelwechseln,

Weg- und Aufräumen,

so dass Pausen, Lesen und

Träumen oft viel zu kurz kommen,

aber manchmal drängen sich

die Fotos, meine Geschichten oder

die Wolken in den Vordergrund

und liefern ein wenig Entspannung,

alles andere 'mal liegen zulassen,

denn es verschwindet ja nicht

durch die Hintertür und wartet

auch noch zwei Stunden später

auf mich bis ich von meinem

Wolkenflug zurück bin.

## Schreiben

Gedanken festhalten,

den Alltag verlassen,

anhalten,

sich Träume ausmalen,

Schönes in Erinnerung rufen,

Schwieriges reflektieren,

Probleme bewältigen,

Worte suchen,

Stimmiges finden,

Formulierungen verfeinern,

Schwerpunkte setzen,

sich konzentrieren,

die Sinne schärfen,

Ideen umsetzen,

unzensiert fließen lassen,

eine Ordnung entwickeln,

etwas nur für sich haben,

allein am Ruder stehen,

Stärken und Schwächen beschreiben,

Schönes und Schreckliches benennen,

den Dingen einen festen Rahmen geben,

Inhalte sprudeln lassen,

dabei Erleichterung finden.

## Wolkenglück

Die Wolken sind ein ganz

besonderes Glück für mich,

angefangen hat alles mit Maias

kleinen rosa Bettchenwolken,

danach konnte ich irgendwie

nicht mehr aufhören

Wolkenkissen zu nähen,

es gibt inzwischen

drei verschiedene Größen,

neben dem Kuschelkissenfaktor

gibt es den Clou mit den

inneren Botschaften,

Liebe, Glück und Geborgenheit

können dort verborgen sein oder auch

ganz individuelle andere Wünsche,

tatsächlich habe ich schon

über vierzig Wolken genäht,

hauptsächlich für kleinere Kids,

aber die nächsten möchte ich 'mal

für meine Freundinnen nähen,

die sicher auch eine Kuschelwolke

zum Träumen vertragen können,

denn ich selbst schlafe inzwischen

nur noch auf Wolken.

## Die Zauberfrau

Sie wohnt in einem kleinen Hexenhaus
und macht ganz besondere Dinge,
vor langer, langer Zeit habe ich sie 'mal
bei einer Aryuveda-Massage kennengelernt,
ihre Hände und Worte tun mir gut,
nach der Behandlung fühle ich mich
immer viel besser und klarer,
meistens hält das ein paar Tage an
und danach vertrübt sich mein Blick
erneut von den Geschehnissen
vergangener Tage,
es ist erstaunlich was
mit ihrer Unterstützung
wieder in Bewegung gerät oder
gar ans Tageslicht kommen darf,
die Starre in mir weicht zurück
und die Zauberhände holen mich
aus der Tiefe an die Oberfläche,
wo ich wieder besser atmen kann,

mein Innerstes sich frei entfaltet

und ich einfach da sein darf

ohne etwas zu tun.

## Ich habe mich

meine Vergangenheit,

meine Geschichten,

meine Erfahrungen,

meine Phantasien,

meine Lösungen,

meine Energien,

meine Kontakte,

meine Wolken,

meine Reisen,

meine Kinder,

meine Ideen,

meine Fotos,

meine Liebe,

mein Glück.

## Botschaften

Manchmal komme ich mir vor

wie eine Art Botschafterin,

ich fühle mich wohl in dieser Rolle,

meine Geschichten enthalten

viele wertvolle Botschaften,

mit meinen Worten und Bildern

möchte ich den anderen Menschen

etwas mit auf den Weg geben,

ich möchte sie zum Anhalten

und zum Verweilen animieren,

so dass sie mehr ihrem inneren

als ihrem äußeren Fluss

folgen können.

Herzlichen Dank an alle,

die meine Wege durchkreuzen,

mich zum Nachdenken anregen,

mir Liebe, Glück, Vertrauen

und Zuversicht schenken.

Im Besonderen an meinen Mann,

unsere beiden wunderbaren Kinder,

den bemerkenswerten Arzt und

an die ganz besondere

Zauberfrau.